Prügelstrafe, Kindererziehung
- Erlebnisse -

Gedichte und Kurzgeschichten

2015
Herstellung und Verlag: BoD - Books on Demand,
Norderstedt ISBN 9783734787485

1

Inhalt

Prolog

Die Probleme der körperlichen Bestrafung von Kindern beschäftigten mich nicht nur als Kind in den 1930er Jahren. Sie begleiteten mich während meines nunmehr über achtzigjährigem Lebens. Jetzt drängt es mich, meine Erlebnisse aufzuschreiben, vielleicht kann ich damit Erfahrungen vermitteln, die zwar jeder selbst sammeln muss; aber es könnte ein Anstoß zum Nachdenken sein.

Außerdem hat Papst Franziskus mit seiner Bemerkung, dass er ein würdevolles Schlagen von Kindern ok findet, eine Diskussion angestoßen zu der wahrscheinlich auch meine dargestellten Erlebnisse passen.

Noch heute gibt es vielfach eine geteilte Meinung zur Frage: „Darf bei der Kindererziehung geschlagen werden oder nicht, was bedeutet menschenwürdiges Schlagen?

Erziehung früher und heute – offene Fragen

„Mir vergeht am Leben alle Freude
sehe ich die unartigen Kinder heute:
Vorlaut, ohne anständiges Benehmen
haben sie gar verlernt sich zu schämen;
die Eltern getrauen sich nur zuzuschauen,
gut wär es, auch hin und wieder zuzuhauen, "
sagt betrübt ein alter griesgrämiger Mann,
der sich offenbar an früher nicht erinnern kann.

Trotzdem wird gegenwärtig oft gedacht:
Alte hätten ehemals alles falsch gemacht.
So wird bei Erziehungsmethoden kritisiert,
alles hätte früher nur auf Disziplin basiert;
Ordnung und Betragen wären unnütze Noten,
die in der Schule aber Möglichkeiten boten
den Kindern stets deutlich vor Augen zu halten,
dass bis heute schon immer strenge Regeln galten.

Wer war und ist nun gut erzogen?
Ist es der, der noch nie bewusst betrogen?
Ein Mensch, der sauber gekleidet und adrett
zu seiner Umgebung immer liebenswürdig, nett?
Und sich stets an gültige „Benimmregeln" hält,
durch Entgegenkommen und Anstand auffällt?
Ein Bescheidener, dem Reichtum und Geld
nicht alles ist auf dieser verführerischen Welt?

Dabei habe ich außerdem oft erfahren,
dass die, die sehr unartige Kinder waren
als Erwachsene zu den gut erzogenen zählten,
weil die Eltern die richtigen Methoden wählten;
der Prügelstrafe bedurfte es dabei jedoch nicht,
die Vorbildwirkung stand stets besser zu Gesicht.
Zum Schluss sag´ ich es dennoch unumwunden:
„Antworten auf alle Fragen hab´ ich nicht gefunden.“

Achim der Prügelknabe

Ich war 5 Jahre alt, Einzelkind und wohnte mit meinen Eltern im Bauernhaus meiner Großeltern mütterlicherseits. Sie führten einen gemeinsamen Haushalt. Meine Mutter half mit in der Landwirtschaft. Mein Vater hatte aber nicht viel für diese Tätigkeiten übrig, er arbeitete in einer größeren Fabrik in der Nachbarstadt und nur ab und zu bei Saisonarbeiten mit auf dem Bauernhof.

Unser Wohnhaus hatte 8 Zimmer, davon bewohnten unsere beiden Familien (5 Personen) sechs, zwei Räume in der 1. Etage, 20 qm Wohnfläche, hatte mein Großvater an eine Familie mit 3 Erwachsenen und 3 Kindern vermietet. Sie zahlten 2 Mark Miete im Monat, mehr konnten sie sich nicht leisten, denn der Vater verdiente als Steinbrucharbeiter nicht viel.

Ein Sohn dieser Familie war so alt wie ich, allerdings nicht mein direkter Freund, denn er hatte nur wenig Zeit zum Spielen, er musste viel im Haushalt helfen. Darum beneidete ich ihn nicht. Vom Brunnen im Garten holte er das Wasser, schleppte Briketts und Feuerholz in die Wohnküche, trug den Eimer mit Schmutzwasser wieder in den Hof, seine jüngere Schwester musste er ausfahren und fast immer beaufsichtigen, die Einkäufe beim Bäcker und Krämer erledigen und sogar seine fast blinde Großmutter auf der Straße führen, wenn die spazieren gehen wollte. Für einen 5jährigen kaum zu bewältigende Aufgaben.

Dagegen durfte ich meinen Hobbys (das Wort kannten wir damals noch nicht) nachgehen. Mir machten alle landwirtschaftlichen Arbeiten Spaß und ich war eng mit unseren Haustieren verbunden. Ich hatte deshalb einen etwa 40 Quadratmeter großen Hausgarten, 5 Hauskaninchen, 5 Hühner und einen Hahn in eigner Verantwortung zu pflegen und zu betreuen; bei schweren Hantierungen in diesem Zusammenhang halfen mir die Eltern. Das alles machte mir außerordentlich große Freude und war keine Plage für mich. Im Garten hatte mir mein Vater eine schöne Kinderschaukel aufgebaut, die auch bei meinen Spielgefährten sehr beliebt war. So hatte ich immer viel Gesellschaft beim Spielen.

Ich kann mich während meiner gesamten Kindheit nur an ein einziges Mal erinnern, dass mir mein Vater mit vielleicht 2 Handschlägen den Hintern versohlte, sonst gab es bei uns keinerlei körperliche Züchtigungen. Er hatte dazu aus meiner heutigen Sicht auch allen Grund. Ich hatte sein Motorrad umgeworfen, weil ich gemeinsam mit einem Spielkameraden darauf herumgeturnt war. Ein dabei zerbrochener Schalter konnte nur schwer wieder beschafft werden und das hatte meinen Vater sehr in Rage gebracht. Er war Hobbymotorsportler, bastelte selbst viel und nahm sogar an öffentlichen Motorradrennen teil.

Bei dieser Geborgenheit und dem Wohlfühlen im Schoße der Familie war für mich besonders erschütternd, dass Achim der Prügelknabe seines Vaters war, so sagten es meine Eltern und Großeltern des Öfteren und ich fragte, was das bedeuten würde. Meine Oma erklärte mir: „Prügelknaben hießen früher Jungen, die Hiebe für die adligen Knaben, die nicht geschlagen werden durften, einstecken mussten. Heute sagt man so zu allen Jungen, die viel von ihren Eltern geprügelt werden. Angewendet wir der Begriff auch wenn jemand als Sündenbock herhalten muss." Das verstand ich schon und so bestürzten mich die Bestrafungen, die Achim täglich erfuhr gar sehr. Sündenbock war wieder ein Wort, das ich nicht zu deuten wusste. Aber meine Großmutter ahnte das wahrscheinlich schon und sagte: „Als Sündenbock bezeichnet man jemanden, dem man eine Schuld oder einen Fehler zuschreibt, ohne genau geklärt zu haben, ob er verantwortlich war."

Wenn Achims Vater von der Arbeit kam schrie er lauthals - ich kann nicht mehr alles wörtlich wiedergeben - etwa so: „Du hast wieder gefaulenzt, der Kohlenkasten und die Wassereimer sind leer, deine Hosen sind dreckig, deine kleine Schwester schreit, du hast sie nicht ausgefahren, du zwingst mich direkt, dir den Hintern zu versohlen". Es geschah dann oft auf dem Treppenabsatz. Er zog den Ledergürtel von seiner Hose, klemmte Achims Kopf zwischen seine Beine und schlug mit dem Riemen mit aller Gewalt auf dessen Hinterteil. Das Kind jammerte und schrie; anschließend ging es ab in den Keller, dessen Treppe in

unserer Waschküche oben mit einer Falltür verschlossen war, es gab also kein Entkommen. Ich war schockiert, dass Achim, wenn die Tränen versiegten, unten auf den letzten Kellerstufen saß und sang: „Vom Himmel hoch da komm ich her...". Mehrmals hat meine Großmutter Achim aus dem Keller geholt und ihn mit in unsere Stube genommen. Sie war eine kleine aber sehr couragierte Frau, vor der auch der rabiate Vater Respekt hatte und sich nicht traute zu widersprechen, wenn sie ihn zurechtwies. Ich fragte aber: „Warum bekommt Achim jeden Tag Hiebe und ich nicht?". Mein Großvater, der immer gern neckte, sagte: „Du kannst auch welche haben, wenn du es mal spüren willst, nur wenn wir unschuldige Kinder schlagen, straft uns der liebe Gott. Ich habe erlebt, dass Eltern, die das taten, die Hände aus dem Grab wuchsen als sie gestorben waren." Meine Großmutter schalt ihn immer wegen solcher Erklärungen und meinte: „Großvätern, die kleinen Kindern Angst machen, wächst der Mund zu." Sie erläuterte mir aber verständlich warum Achims Vater seinen Jungen so oft schlägt:
°Wir haben ein eigenes Haus und genügend Wohnraum. Achims Vater arbeitet sehr schwer im Steinbruch, verdient aber nur wenig. Die 2 Mark Miete, die sie monatlich an uns bezahlen, sind für sie schon viel und sie können sich keine größere Wohnung leisten. Die sechs Personen auf engem Raum, dazu immer nur abgezähltes Geld fürs Essen, das macht unzufrieden.

Für Extras reicht es nie, z. B. Spielsachen, wie du sie hast, können sie sich nicht leisten. Dabei gibt es sogar Familien, denen es noch schlechter geht; du kennst sie auch, dort trinkt der Vater immer viel Alkohol und für die Familienmitglieder gibt es dann nicht einmal genügend zu essen. Du hast doch schon gesehen, dass der Mann in unserer Nachbarschaft sehr oft betrunken vorm Haus randaliert. Seine Kinder bekommen auch häufig Schläge, wenn ihn die Mutter nicht davon abhalten kann. Das alles bekommen wir nur nicht direkt mit, viele Nachbarn empören sich, können aber nichts tun." Ich hakte nach: „Aber das sind doch keine Gründe für Hiebe"? Ich erinnere mich noch, dass es damals meiner Großmutter schwer fiel mir 5jährigen, die wahren Ursachen der häufigen körperlichen Züchtigung der Kinder plausibel zu erläutern. Sie versprach mir aber, zu meiner Frage noch eine Geschichte zu erzählen. Das war ihre Art, sie erklärte fast alles mit „Gleichnissen" oder wahren bzw. sogar erfundenem Geschichten. Darüber berichte ich in einer weiteren Kurzgeschichte.

Achim kam dann mit mir zusammen in die Schule und dort ging die Prügelei durch den Lehrer weiter.

Warum, warum?

Ständig fragte ich schon als Vorschulkind: Warum? Und auch danach, warum z. B. manche Kinder von ihren Eltern geschlagen werden. Zur Erklärung erzählte mir also meine Großmutter eine Geschichte, die ich aber erst später richtig begriff. Sie erzählte:
„Im Gemeinde- oder auch Armenhaus unserer Kleinstadt hinter unserem Obstgarten, wohnt eine Familie mit 8 Kindern, die du auch kennst. Der Vater ist sehr krank, er verlor bei Waldarbeiten ein Bein, er kann nun keine körperlich schweren Arbeiten mehr verrichten, aber für „Schriftliches im Büro" fehlt ihm die Bildung." Sofort brachte ich meine Großmutter wieder in Erklärungsnot mit meinem ständigen Fragen: Warum? „Warum braucht man fürs Schreiben Bildung und was ist eigentlich Bildung?" Wollte ich wissen. Sie sagt: „Wer als Kind in der Schule und später als Lehrling fleißig lernt, kann dann leichte besser bezahlte Arbeiten in einem Amtszimmer machen. Gut schreiben und lesen zu können, gehört zur Bildung." Das leuchtete mir ein, bewunderte ich doch die Männer in unserem Rathaus, die immer gut angezogen hinter den Schreibtischen saßen. Gleich nahm ich mir vor, meine Schreibübungen zu verstärken und später in der Schule schnell lesen zu lernen. Sie fährt fort: „Die kinderreiche Familie zahlt keine Miete, aber als Unterstützung erhalten sie nur wenig Geld; das reicht gerade zum Essen und Kleiden, also zum bescheide-

nen Leben ohne besondere Anschaffungen. Sie sind eine einfache, vom Grund her anständige Familie. Der Bauer, bei dem der Vater arbeitete und in dessen Wald er den folgeschweren Unfall hatte, ist sehr reich. Er zeigte sich aber knauserig als es um eine Entschädigung ging und auch die Versicherungen sollen kaum eingesprungen sein. Kannst du verstehen, dass der Mann verbittert und unzufrieden ist? Trotzdem dürfte er deshalb seine Kinder nicht so oft schlagen; die sind, das hast du schon gesehen, sehr fleißig, wenn sie z. B. bei Bauern für einige Groschen im Stall, Hof, auf dem Feld oder im Garten mit helfen. Sie grüßen Erwachsene immer sehr anständig und erscheinen mir nicht unartiger als du. Unzufriedenheit darf deshalb kein Grund für das Schlagen der Kinder sein, das hat in jedem Falle nichts mit Vernunft zu tun". Ich merkte, meine Oma suchte nach weiteren Argumenten – ich hatte auch schon wieder eine Frage auf dem Herzen: „Warum erhalten aber die Kinder vom Lehrer, Doktor und Rechtsanwalt und vom Gutsbesitzer auch öfters Hiebe, die haben doch große Wohnungen und sollen auch immer Geld haben? Warum sprichst du häufig von Vernunft, was ist das?" Aus meiner heutigen Sicht glaube ich, damit damals meine Großmutter in Bedrängnis gebracht zu haben. Sie war aber kein Erwachsener, der dann, wenn er nicht mehr weiter wusste, sagte: „Das verstehst du noch nicht, dafür bist du noch zu klein". Sie versuchte mir auch diese Frage geduldig zu beantworten. Ich liebte es, das spüre ich noch heute wohltuend, wenn ich auf dem Kanapee neben ihr sitzen durfte und sie meine Neugier stillte. Meine Mutter störte während unseres tiefgründigen Gesprächs über Vernunft unsere Idylle. Sie kam in die Wohnküche und meinte, es sei Zeit für mich ins Bett zu gehen. Da stampfte ich mit den Füssen auf und widersetzte mich; fast jähzornig rief ich: „Du unterbrichst uns immer, wenn Großmutter mir etwas wichtiges erklärt, du hast auch keine Vernunft." Ich dachte, die Oma würde mich in Schutz nehmen, da hatte ich mich aber gründlich geirrt. Die beiden Frauen zeigten in ihren Anordnungen mir gegenüber stets Einigkeit; trotz eifrigen Nachdenkens gelingt es mir nicht ein Beispiel zu finden, nach dem meine Eltern und Großeltern mir gegenüber ein einziges Mal nicht in Übereinstimmung gehandelt hätten. Es gelang mir niemals, die Erwachsenen gegeneinander auszuspielen. Mein Aufbrausen wurde zum Anlass genommen mir beispielhaft zu sagen und zu zeigen: „Achims Vater hätte dir jetzt den Hintern versohlt, bei uns gibt es das nicht aber überlege dir gründlich, ob du dich richtig verhalten hast. Vielleicht kommst du dann dahinter was Vernunft ist – morgen werden die Großeltern weiter mit dir sprechen". Trotzdem war das für mich zu hoch, aber das geschlossene, konsequente Auftreten der beiden ließ mich wieder ruhiger werden, mein Jähzorn ebbte ein wenig ab. Leicht begehrte ich noch auf: „Vernunft, Vernunft, Vernunft, was ist denn das nun wirklich?" Meine Mutter sagte: „Etwas, was du

jetzt nicht hast, es ist das Gegenteil von Dummheit"!
Nun wusste ich gar nichts mehr und ich ging nicht
gescheit ins Bett..

In Erinnerung an dieses Erlebnis, denn ich war als
Kind cholerisch, habe ich nun als 83jähriger ein Gedicht geschrieben, das in die Kategorie „Autobiogra-
fisches" eingeordnet hierzu passt und im folgendem
zu lesen ist.

Autobiografisches

Ich gesteh` es heute ehrlich,
ich war als Kind cholerisch;
häufig hatte ich meine Not
zu akzeptieren ein Verbot.
Gegenüber Spielgefährten
konnte ich oft wütend werden.

Ich habe dieses überwunden
und eine Methode gefunden
durch die, ganz einfach erklärlich,
bin ich nicht mehr so hysterisch.
Sie heilt mich schon seit 70 Jahren,
von der Oma habe ich sie erfahren.

Will man mich seither provozieren,
meine Gegenüber meist verlieren,
sie können es oft nicht fassen:
Ich bleibe ruhig und gelassen,
denn ich zähle im Stillen bis zehn
und die Wutattacken vergehen.

Was ist Vernunft?

Das Problem, dass Vernunft mit Dummheit zusammenhängt beschäftigte mich auch in den nächsten Tagen, weil mich meine Mutter unvernünftig genannt hatte. Sie hatte gesagt, das würde auch gleichzeitig dumm sein! Dagegen wehrte ich mich immer vehement, weil ich auch gar nicht erwarten konnte in die Schule zu kommen, um dort viel zu lernen. So fragte ich meinen Großvater, der viel in der Bibel las: „Was ist Vernunft und ich frage auch dich, wie schon Großmutter, warum bekommen manche Kinder von ihren Eltern Hiebe, aber andere und auch ich, nicht?" „Du hättest wohl auch gern welche", war seine erste Reaktion. Dann wurde er ernst, nahm seine Bibel vom Regal und erklärte mir: „Zur Erklärung des Begriffes Vernunft denke ich in der Bibel einige Geschichten gefunden zu haben. Sie ist das Buch in dem alles steht, was die Menschen brauchen und tun sollen. So kann ich dir durch das Gelesene und nach meiner Erfahrung sagen, was Vernunft ist: Es bedeutet: Erst zu denken und dann zu handeln. Ich will dir das an einigen Beispielen zeigen. Wenn Achims Vater seinen Sohn schlägt, dann hat er nicht darüber nachgedacht, dass der Junge die von ihm verlangten Leistungen gar nicht schaffen konnte. Du bekommst keine Hiebe, weil wir alle denken und wissen, wenn du etwas unrechtes getan hast und deshalb geschlagen wirst, dann reizt dich das zum Widerstand. Wiederholungen werden aber eher verhindert, wenn wir gemeinsam über die falschen Handlungen nachdenken, auch wie sie in Zukunft zu verhindern sind. Menschen, die vernünftig urteilen können, schlagen deshalb ihre Kinder nicht. In den Familien, es gibtleider nur wenige, in denen die Kinder nicht verprügelt werden, denken die Menschen gründlicher und besser nach.

Noch eines will ich dir sagen, du gehst abends fast nie freiwillig und gern ins Bett. Ich war als Kind ebenso und da hat meine Mutter mit mir folgendes angestellt: Ich durfte so lange ich wollte aufbleiben, aber auf dem Stuhl sitzend nicht einschlafen. Bis Mitternacht habe ich es ausgehalten, dann fielen die Augen zu. Ich erkannte, wäre ich mit Hiebe ins Bett geschickt worden, hätte ich mich immer wieder gewehrt, so aber dachte ich nach und erkannte, der Mensch braucht auch Schlaf." Jetzt wurde mir klar woher dieses Experiment stammte, denn auch meine Mutter hatte es in ähnlicher Weise mit mir durchgeführt.

Mein Großvater war ein sehr sparsamer Mensch, nur wenn er in Redefluss kam, dann war er kaum zu bremsen. Trotzdem hörte ich ihm gern und aufmerksam zu, er erläuterte alles immer so praktisch, aber über seine Worte musste man nachdenken. Hier will ich gleich noch eine Geschichte niederschreiben, über die ich als Erwachsener schmunzelte, und die ich auch meinen Kindern und Enkeln gern erzählte. Ostern 1938 rückte der Tag heran, an dem ich eingeschult werden sollte. Kurz vorher nahm mich mein Großvater zur Seite und sagte: „Du bist jetzt schon ganz schön groß und kannst eigene Entscheidungen treffen". Das schmeichelte mir zunächst ganz ungemein. Er fuhr aber fort: „Wenn du zur Einschulung die Zuckertüte in Empfang nimmst, bindest du dich fest. Du musst mindestens 8 Jahre, bis auf die Ferien, jeden Tag zur Schule gehen, deine Freizeit, im Garten mit den Tieren zu spielen und anderes, ist dann sehr stark eingeschränkt. Ich weiß noch, dass auch mir immer das Stillsitzen in der Schule stets viele Schwierigkeiten machte. Überlege es dir, ob du wegen einer solchen Tüte deine Freiheit opfern willst?" Diese Rede konnte ich damals von dem in meinen Augen recht klugen Mann, gar nicht verstehen; meine Erwartung, in der Schule recht bald lernen zu können, war so groß, dass ich selbst ohne die Zuckertüte die Schulstrapazen auf mich genommen hätte. Anders war es bei Achim, der von Anfang an nicht gern zur Schule ging, die Ursache: Er war auch dort ein Prügelknabe.

Ende der Vorschulzeit

Bevor ich die Berichte über mein Leben in der Vorschulzeit abschließe will ich in einem Gedicht Vergleiche zwischen früher und heute darstellen.

Es war vor über 80 Jahren
als Kindergärten selten waren,
da hatten besonders Kinder auf dem Land
zum Schulanfang geringen Wissensstand.
Deutlich sagte damals mein alter Großvater:
„Macht ums Vorschullernen kein Theater,
wenn Kinder schon gescheit in die Schule kommen
wird den Lehrern ihre Arbeit weggenommen."

Vieles hat sich seitdem gründlich gewandelt,
man glaubt, dass man heute richtig handelt,
wenn Eltern von ihren Dreijährigen verlangen
mit Fremdspracheunterricht anzufangen.
Man meint, im Spiel wäre das Lernen leicht.
Ich sage zu den neuen Methoden: „Vielleicht
wäre es auch richtig manchmal daran zu denken,
den Heranwachsenden mehr Freizeit zu schenken?"

Psychologen, Experten müssen entscheiden
ob Kinder unter gestiegenem Leistungsdruck leiden,
ich empfand vor 80 Jahren meine freie Kindheit
als eine sehr schöne, unbelastete, zwangslose Zeit.

Dann begann die Schulzeit

Wichtiges aus meiner Schulzeit habe ich in einem Gedicht beschrieben. Näheres, besonders über die Prügelstrafe, ist in den folgenden Kurzgeschichten zu lesen.

Es kam, wie es kommen muss:
Am Schulanfang erlebte ich viel Stuss.
Die ersten Wochen zum Schulbeginn
ergaben für mich kaum einen Sinn;
immer Zuckertütenmalen, oh Graus,
füllte unsere Unterrichtsstunden aus.
Es wurde mir eine langweilige Zeit,
ich war wirklich zum Aufgeben bereit.

Dann stellte sich manch Neues ein:
Wir mussten artig und aufmerksam sein,
auf der Schiefertafel „Schön schreiben",
mit Buchstaben im Zeilenabstand bleiben;
pünktlich erscheinen zum Unterricht,
auch schmutzige Hände duldete man nicht.
Wenn wir all dem nicht nachkamen,
die Lehrer schnell den Rohrstock nahmen.

Als Pimpfe im Deutschen Jungvolk
verbuchten wir aber einen echten Erfolg,
stolz haben wir oft die Uniform getragen,
dann durften die Lehrer uns nicht schlagen.
Jedoch im freiwilligen Religionsunterricht
erlaubte unser frommer Pfarrer nicht,
die nazistische Pimpfuniform anzuziehen,
die Religion zu erklären, war sein Bemühen.

Dann war der schlimme Krieg zu Ende,
in der „Ostschule" gab es eine Wende,
die Lehrer durften nicht mehr prügeln,
mussten nun stark ihr Verhalten zügeln.
In dieser Hinsicht fühlten wir uns befreit,
doch uns erreichte auch eine neue Zeit:
Gar manche jammerten „Weh und Ach",
russische Sprache wurde zum Pflichtfach.

Auch nicht jeder es gleich richtig fand,
Gymnasium wurde in Oberschule umbenannt,
neuer Unterrichtsinhalt in Geschichte
zeigte Sozialismus im neuen Lichte,
schnell hatte man die Begründung dafür:
„Die Diktatur des Proletariats waltet jetzt hier".
Das fiel schwer für Mädchen und Jungen,
die einst „Deutschland über alles" gesungen.

Erich bekam in der Schule
jeden Tag den Rohrstock zu spüren

Von Anfang an ging ich recht gern zur Schule. Unnatürlich wäre es aber gewesen, wenn es bei mir nicht auch Tage gegeben hätte, an denen ich lieber zu Hause geblieben wäre. Von den Kindern in der Nachbarschaft, im Gemeindehaus, erlebte ich aber, dass es manchen Morgen Geschrei gab, wenn sie sich auf den Schulweg machen sollten. Wahrscheinlich setzte es manchmal auch Schläge. Ich durfte zu Hause nicht fluchen und auch keine Schimpfworte gebrauchen. Darum fiel es mir besonders auf und blieb mir bis heute im Gedächtnis, ein Mädchen, das ein Jahr älter war als ich, schrie häufig frühmorgens: „Scheiße, ich gieh net". Ihr war, das bekannte sie auch, wenn wir uns auf der Straße beim Spielen trafen, die Schule ein Graus. Es fühlte sich häufig von den Lehrern ungerecht behandelt und bestraft.

Bei Bestrafungen in der Schule trat nach meinen Erfahrungen oft die Gerechtigkeit in den Hintergrund. Sympathie oder Antipathie der Lehrer gegenüber bestimmten Schülern waren sehr stark ausgeprägt. Ich erinnere mich, dass ein Knabe fast täglich, oft wegen Kleinigkeiten, Stockhiebe auf das Hinterteil bekam. Der Lehrer konnte nicht vergessen, dass dieser Junge ihn einmal stark lächerlich gemacht hatte. Dieser Erzieher klemmte meist den Kopf des Schülers zwischen seine Beine, um mit der freien Hand den Hosenboden straff ziehen zu können. Bei einer solchen Strafaktion biss der Junge den Lehrer so sehr in die Wade, dass dieser vor Schmerz aufschrie und einen hohen Sprung vollführte, alle lachten.

Gleich in den ersten Schultagen freundete ich mich mit Erich an. Uns verband während unserer achtjährigen Schulzeit eine große Freundschaft und gegenseitige Hilfsbereitschaft. Er war ein geschickter Praktiker und sehr sportlich, ich der bessere Theoretiker. Erich hatte noch eine ältere Schwester, der Vater arbeitete im Steinbruch, die rechtschaffene Familie wohnte in einer kleinen Zweizimmerwohnung, in der ich nie gewesen bin. Im Nachhinein vermutete ich, dass er sich wegen der bescheidenen Wohnverhältnisse schämte. Er wurde auch häufig bei uns mit verpflegt, die Fettstullen, die meine Oma schmierte, schmeckten besonders gut. Warum der Junge ab der 1. Schulklasse fast täglich von den Lehrern mit dem Rohrstock Prügel bezog, konnte ich nie ergründen. Als Kind machte man sich aber weniger Gedanken darüber, das war eben so. Einmal, daran denke ich bis heute, waren wir Mitschüler alle schockiert, als Erich von einem Lehrer ganz ungebührlich bestraft wurde. In den Kriegsjahren mussten wir Heilkräuter sammeln, die auf dem Schul- und Kirchboden getrocknet wurden. Nach der Trocknung mussten wir den Tee in Säcke stopfen; diese Tätigkeit erfolgte meist ohne Aufsicht des Lehrers, der nur hin und wieder plötzlich auftauchte und nach dem

Rechten sah. Um die Kräuter fest in die Säcke zu pressen, nahmen wir unsere Beine, ohne die Schuhe auszuziehen, zu Hilfe. Unser unerwartet aufgetauchter Lehrer ertappte meinen Schulkameraden Erich bei dieser Handlung. Er verprügelte ihn mit einem Rohrstock, den er immer bei sich trug, so sehr, dass Striemen sichtbar wurden; außerdem zerrissen die Jacke und das Hemd. Ich erinnere mich, dass der Pauker sinngemäß sagte: „Mit deinen Dreckschuhen verunreinigst du den Tee. Das ist Wehrkraftzersetzung, unsere tapferen Soldaten können sich durch den schmutzigen Tee vergiften." Noch viele mir heute entfallene Schimpfworte folgten. Der Lehrer merkte, dass wir alle sehr bestürzt waren. Nachdem er sich beruhigt hatte, kündigte er an, die Kleidungsstücke zu ersetzen. Er merkte, dass er zu weit gegangen war. Mit heutiger Erkenntnis halte ich einige unserer damaligen Pädagogen für recht rücksichtslos, egoistisch und teilweise für Erziehungsaufgaben ungeeignet. Nur damit lassen sich die erlebten Vorkommnisse erklären. Ein Lehrer postierte sich häufig hinter sein Pult, guckte nur hin und wieder vom Zeitungslesen auf und ließ uns Schreib- oder Rechenaufgaben lösen. Es kam vor, dass er plötzlich schnupperte und rief: „Es stinkt in der Klasse, wer war das?" Heute glaube ich, dass es manchmal gar nicht roch, er nur eine Abwechslung brauchte. Verständlicher Weise meldete sich niemand, alle hatten Angst. Meistens musste dann Erich in Aktion treten – das sah der Lehrer für ihn als Auszeichnung an – und bei allen Jungen am Hintern riechen, um den Missetäter herauszufinden. Erich, ich und ein dritter in der Klasse in der Rangordnung oben stehender Schüler bestimmten von vornherein, welchen von den übrigen 7 Schulkameraden er aufspüren sollte, auch wenn dieser unschuldig war. Die Mädchen wurden nach Anordnung des Erziehers nicht in die außergewöhnliche „Spüraktion" einbezogen. Wir drei übten damit in der Schulklasse eine Vorherrschaft aus. An diesem Beispiel zeigt sich, dass jederzeit Kinder untereinander grausam waren und sind. Oft war Achim unter den Ausgesuchten, er bekam damit seine zweite tägliche Prügelstrafe, denn er war häufig, ohne Grund, in der ersten Schulstunde schon das erste Mal dran. Ich glaube der Lehrer wusste damals von unseren Machenschaften, aber er schritt nicht ein. Es war im Geiste der Zeit, dass sich die Stärkeren durchsetzen sollten.

Liane konnte nicht vergessen

In jener Zeit - ab 20. Jahrhundert - gab es zwar keine Kinderarbeit mehr, aber wir alle hatten zu Hause ständig feststehende Pflichten und Arbeiten zu erfüllen. Das galt vornehmlich in Bauernwirtschaften, Geschäftshaushalten, Handwerksbetrieben usw., aber auch in Familien mit mehreren Kindern, wenn dazu beide Eltern auf Arbeit gingen.

Ich weiß, dass wir vor der ersten Schulstunde noch manche, oft auch schmutzige Hausarbeit, zu erledigen hatten. Die gründliche Säuberung, vor allem der Finger, blieb dann oftmals - besonders aus Zeitnot - auf der Strecke. Zur ersten Schulstunde überprüfte der Lehrer besonders die Sauberkeit unserer Hände. Vor allem bei schmutzigen Fingernägeln gab es mit dem Rohrstock Schläge auf die Finger, die sehr schmerzhaft waren. In diesem Zusammenhang erzählte die Mitschülerin Liane während eines Klassentreffens in den 1980er Jahren ein Erlebnis. Ihre Eltern besaßen einen Kolonialwarenladen und Landwirtschaft. Sie hatte fast täglich zu Hause schon vor Schulbeginn eine Reihe Tätigkeiten zu verrichten. Ihr blieb deshalb oft nur wenig Zeit für's gründliche Hände waschen. Bei unserem überaus strengen Lehrer Herrn H. bekam sie deshalb sehr häufig die erwähnten qualvollen Schläge. Als erwachsene Frau traf sie diesen Lehrer, der mit ihr ein Gespräch über die frühere Schulzeit führen wollte. In bewundernswerter Art sagte sie ihm: „ Mit Ihnen will ich nicht mehr reden. Sie haben mich als Schulmädchen zutiefst gekränkt, gedemütigt und schmerzhaft geschlagen, nur weil ich von ehrbarer Arbeit nicht ganz saubere Finger hatte. Das kann ich nicht vergessen." Sie wandte sich ab und beendete das Gespräch. Dem ehemaligen Lehrer blieb nach der bei uns gebräuchlichen Redewendung „der Mund offen stehen". Als nunmehr gestandene und geachtete Handwerkerfrau konnte sie auf diese Weise ihren ehemaligen Peiniger abblitzen lassen. Er getraute sich auch nicht zu widersprechen und beendete ebenfalls die Unterhaltung.

Sieben Rohrstockschläge

Ich war kein Musterschüler, hatte aber Glück, ich wurde nur ein einziges Mal mit Stockhieben bestraft. Das Vergehen, das zu dieser Züchtigung führte, hatte starken Einfluss auf meine Erziehung zu Ehrlichkeit und Disziplin; deshalb will ich es ausführlich beschreiben.

Im Winter mussten in unserer Schule die Öfen von uns Schülern geheizt und versorgt werden. Einen Hausmeister gab es während des Krieges nicht und wir erledigten im Übrigen viele Tätigkeiten, die diesem sonst oblagen. Ein Klassenkamerad und ich waren verantwortlich für die Ofenheizung im Lehrerzimmer. Das war eine besondere Auszeichnung, denn wir konnten uns hin und wieder vom Unterricht entfernen und waren auch häufig in diesem Raum ganz allein. Dort lagerten auf dem Tisch oder im unverschlossenen Schrank Klassenbücher, Zeugnisduplikate und sogar das Siegel des Schuldirektors. Die Verführung war sehr groß, und wir haben ab und zu einen Blick in die für uns geheimen Unterlagen gewagt. Besonders guten Freunden konnten wir dann Auskünfte über negative oder positive Eintragungen geben und auch einiges über uns selbst erfahren. Besonders verlockend war aber, dass wir mit dem Siegel des Schuldirektors Bezugsbescheinigungen für Schreibhefte abstempeln konnten. Schreibhefte waren bewirtschaftet und nur mit amtlichen Bestätigungen einzukaufen. Wir erstellten eine größere Anzahl solcher Bescheinigungen und hatten damit nicht nur für uns genügend Hefte, sondern auch ein ausgezeichnetes Tauschobjekt. Das Geschäft florierte so lange, bis der einzige Schreibwarenhändler unserer Stadt aufmerksam wurde. Er konnte die Versorgung nicht mehr absichern und informierte die Schule, weil er die Echtheit der vielen Bezugsbescheinigungen anzweifelte. Der Schwindel flog auf. Unsere Mütter wurden zur Schule bestellt und uns offeriert, dass wir Sabotage oder im geringsten Falle Urkundenfälschung begangen hätten. Schwere Stunden für uns Schüler und unsere Eltern folgten. Es wurde uns angedroht, dass wir in ein Erziehungsheim kämen. Ich denke, dass unser sonst diszipliniertes Verhalten und meine aktive Mitwirkung im Jungvolk sowie unsere achtbaren Eltern den Lehrer bewogen haben, die Angelegenheit nicht weiter zu melden. Die Bestrafung wurde also in der eigenen Schule vorgenommen. Wir 2 Hauptschuldigen und 4 weitere Mitschüler, die mit den Bescheinigungen einen Tauschhandel betrieben hatten, erhielten nach strengen und mahnenden Worten 7 Stockhiebe. Obwohl es sehr weh tat, war es Ehrensache, nicht zu weinen. Weil wir den Zeitpunkt unserer Bestrafung wussten, haben wir unser Hinterteil mit einem Kissen abgepolstert. Da der Lehrer das merkte, mussten wir erst in der Toilette diesen Schutz entfernen. Das alles war natürlich ein Gaudi für die ganze Klasse! Mit

Schadenfreude quittierten die anderen Mitschüler, dass wir mit all unseren Betrügereien reingefallen waren. Erstaunt war ich, dass wir auch weiterhin die Öfen im Lehrerzimmer versorgen durften. Alle wichtigen Utensilien befanden sich aber nunmehr im verschlossenen Schrank. Wahrscheinlich waren die eigenen Fehler der Schulleitung auch ein Grund, die Angelegenheit nicht an die große Glocke zu hängen.

Kein Mittel half

Es ist verständlich, dass die Schüler sich manches einfallen ließen, um die Schmerzhaftigkeit der Schläge zu mildern. Hierzu gab es auch überlieferte Erfahrungen von den Erwachsenen. Als wirksam erwies sich, den Rohrstock mit Zwiebel einzureiben, weil er dann leichter zerbrach. Nur hatte diese Methode bestimmte Schwierigkeiten. Erstens war das Folterinstrument immer im Klassenschrank eingeschlossen und nur der Lehrer hatte einen Schlüssel; zweitens roch die Zwiebel sehr stark und drittens gab es immer Ersatzstöcke. Weiterhin wurde auch versucht, den Hosenboden mit Leder oder sonstigen Unterlagen zu polstern. Nur merkte der Lehrer beim Straffziehen, dass da etwas nicht stimmte. Vor der Bestrafung mussten dann die Polsterungen entfernt werden und es wurde oft sogar das Strafmaß erhöht. Erlebt habe ich, dass ein Schüler eine mit Schweineblut gefüllte Schweineblase unterlegte, die von einer Hausschlachtung stammte Als durch die Schläge die Blase platzte und das Blut spritzte, war der Lehrer zunächst schockiert. Nachdem sich herausstellte, dass er hereingelegt worden war, wurden die folgenden Bestrafungen noch härter.
Als Andenken habe ich einen Rohrstock aus der Schulzeit mit nach Hause genommen und bis heute aufbewahrt. Zu unserem Schulkameradentreffen habe ich ihn vorgezeigt und er weckte bei allen manche schmerzlichen Erinnerungen.

Schiefertafel und Federhalter

In meiner Schulzeit war das Verhältnis Elternhaus -
Schule ganz anders als es bei unseren Kindern und
Enkeln bis heute ist. Wir konnten nicht nach Hause
kommen und sagen: „ Der Lehrer hat uns ungerecht-
fertigt bestraft". Wir wurden nicht in Schutz genommen, sondern höchstens noch, nach oberflächlicher
Klärung der Umstände, zusätzlich gerügt. Die Lehrer
waren Respektspersonen und mussten von uns Kindern vorbehaltlos anerkannt und geachtet werden,
selbst wenn auch sie manche menschlichen Fehler
hatten. Ich entsinne mich, dass ich mich einmal zu
hause beschwerte, weil ich mich ungerecht bei der
Menge der gesammelten und abgelieferten Heilkräuter
bewertet glaubte. Ich bat meine Mutter, mich in der
Schule in Schutz zu nehmen. Ich fand aber kein Ge-
hör, weil das Urteil des Lehrers als unanfechtbar galt.
Gleiches geschah mir bei einer Note im Zeugnis mit
nur „gut" und nicht „sehr gut" in der wichtigen Beurteilung „Ordnung". Ich meinte besser als die mit
„eins" beurteilten Mädchen zu sein. Auch hier erhielt
ich durch die Eltern keine Unterstützung, sondern zu-
sätzliche Kritik, weil mein Verhalten zu Hause mit
einbezogen wurde.
Wir lernten in den ersten Klassen „Schönschreiben",
„Lesen" und vor allem „Kopfrechnen". Auf Schiefer-
tafeln und in Heften waren Linien vorgezeichnet, um

Buchstaben und Zahlen in der vorgeschriebenen Größe und Form schreiben zu lernen. Eine gepflegte und ordentliche Schreibtafel stand übrigens in der Bewertung der Ordnung ganz weit oben. Bei Übungen daheim konnte das Geschriebene sehr leicht von der Mutter entfernt werden, wenn es nicht ordentlich war. Übrigens war es vorteilhaft, wenn man auf der Schiefertafel mit einem Schwamm die Buchstaben und Zahlen abwischen konnte. Nur, wenn man mit den Griffel (Schieferstift) zu stark aufgedrückt hatte, blieben Ritzen und Rillen, die nicht mehr zu entfernen waren. Schwieriger wurde es, als das Schreiben in Hefte begann. Zuerst wurde mit Bleistiften geschrieben. Fehlerhaftes konnte dabei wegradiert werden, was man jedoch auch noch sehen konnte und nicht völlig zu vertuschen war. Den höheren Schwierigkeitsgrad erlangte das Schreiben mit Tinte. Die dabei entstehende Kleckserei und auch die Fehler konnten nun nicht mehr so leicht entfernt werden. Auch ich habe versucht, so manche Heftseite heimlich zu beseitigen, nur merkten dann Lehrer und Mutter, dass die Hefte immer dünner wurden. Die in der Zeit meiner ersten Schuljahre zur Verfügung stehenden

- oft die Tinte nicht haltenden Schreibfedern ,
- unhandlichen Federhalter, die ein zu tiefes Eintauchen nicht verhinderten,
- in den Schulbänken eingelassenen Tintenfässer sowie die unförmigen Gefäße für die Schreibflüssigkeit zu hause,

- schlecht saugenden Löschblätter und
- unbequemen Sitzgelegenheiten in den Schulbänken sowie daheim am Küchentisch
erschwerten für uns ungeübte Kinder den Umgang mit
dieser Schreibflüssigkeit. Überall hinterließ sie ihre
nicht mehr oder nur schwer entfernbaren Spuren. Es
gab zwar eine Flüssigkeit, sogenannter „Tintentod",
aber damit entstanden sehr hässliche Flecken. Ich hatte des Öfteren die Aufgabe, in unserer Klasse die Tintenfässer nachzufüllen. Finger und auch manchmal
Kleidungsstücke zeigten dann sehr deutlich, welche
Tätigkeit ich ausgeführt hatte.
Später wurde die Benutzung von Füllfederhaltern erlaubt. Die ersten Modelle waren so unpraktisch, dass
beim Füllen mit Tinte die Kleckserei nicht weniger
wurde. Sie hielten auch manchmal nicht die Tinte und
das mühsam Geschriebene war verdorben. Die Kinder
von heute können gar nicht ermessen, welche Vorteile
sie durch die „Füllpatronen" und die gut funktionie-
renden Federhalter haben. Einen echten Fortschritt
gab es durch die Entwicklung der Kugelschreiber, die
jedoch, so meine ich, schöne und gepflegte Hand-
schriften verderben, weil u. a. beim Schreiben stärker
aufgedrückt wird.
Zum Malen hatten wir Buntstifte mit sehr harten Mi-
nen, mit denen wir nur sehr beschwerlich die beliebten Zeichenvorlagen ausmalen konnten. Auch der
Umgang mit Wasserfarben aus Farbkästen war oft
eine Katastrophe. Bei den Pinseln lösten sich häufig

die Borsten, so dass beim Farbenmischen alles durcheinander lief. Es konnten dann außerdem keine scharf abgegrenzten Linien und Gebilde gezeichnet werden. Die heute zur Verfügung stehenden Faser- und Filzstifte - sogar mit unterschiedlichen Minenstärken - sind deshalb eine echte Bereicherung für die Malfreude und -übung der Kinder.

Nicht nur auf das fehlerfreie, sondern vor allem auf das akkurate, schöne Schreiben gab es Noten. In meinen ersten Schuljahren wurde die „Deutsche Normalschrift" eingeführt, die sich in ihren Grundformen an die lateinische Schreibschrift anlehnt. Wir hatten dadurch das Glück, noch die deutsche und lateinische Schreibschrift kennen zu lernen.

Richtig empört bin ich darüber, dass gegenwärtig in einigen Bundesländer Bemühungen laufen „Schreibschrift" als Lehrfach abzuschaffen.

„Kopfrechnen" - Gedächtnistraining

Das Schulfach „Rechnen" hieß bei uns noch nicht „Mathematik", deshalb lernten wir auch noch „Kopfrechnen" und das „ große und kleine Einmaleins". Zusammenzählen und abziehen, malnehmen und teilen übten wir bis zum Überdruss. Heute kennen die Schüler die lateinischen Namen für diese Rechenarten, aber die Aufgaben können sie meist nur noch mit dem Taschenrechner oder gar mit dem Computer lösen.

In allen Schulfächern, aber besonders beim Rechnen, wurde in vielfältiger Weise das Gedächtnis trainiert. Eine einfache aber zugleich erfolgreiche Übung machte uns gleichzeitig immer wieder viel Spaß:

- Alle Schüler mussten aufstehen
- Der Lehrer stellte Rechenaufgaben
- Wer die richtige Lösung am schnellsten genannt hatte, der konnte sich setzen.

Man war erfreut und stolz, wenn man dabei zu den ersten gehörte, die sich hinsetzen durften.

In der Kriegszeit hatten die Lehrer meist mehrere Klassen zur gleichen Zeit zu betreuen. Wir mussten dann diese Rechenübung in eigener Beaufsichtigung durchführen. Dabei waren nicht immer die intelligenten, sondern oft die körperlich stärksten Schüler die ersten, die sich durchsetzten. Während der eigenen Aufsicht hatten wir auch Zeit zu mancherlei Schabernack. Der Lehrer kam vom Nachbarzimmer und schritt ein, wenn es zu laut wurde. Die Züchtigung mit dem Rohrstock sorgte dann oft für die in den Augen des Lehrers ausgleichende Gerechtigkeit.

Dem Gedächtnistraining diente auch, dass wir sehr häufig lange Gedichte auswendig lernen mussten. Sie wurden im Unterricht abgefragt und für Versprecher gab es schlechte Noten.

Ich empfand es als eine große Ehre und Auszeichnung, wenn ich zu propagandistischen Veranstaltungen auf der Bühne Gedichte vortragen durfte.

Lehrmittel im vorigen Jahrhundert

Erwähnenswert ist die Entwicklung der Lehrmittel seit meiner Volksschulzeit. In unserer Schule standen u. a. zur Verfügung:

- Landkarten von Thüringen und vielen Ländern der Welt, außer denen, der feindlichen Staaten, wo noch keine deutschen Truppen einmarschiert waren;
- Schautafeln von Tieren und Pflanzen der Heimat;
- Bilder von Maschinen, besonders der Dampfmaschine;
- Unbewegliche, relativ kleine Wandtafeln, auf die mit weißer Kreide geschrieben wurde
- Wenige Exemplare ausgestopfter Tiere (Kaninchen, Fuchs, Dachs und Marder) und
- getrocknete, gepresste Blätter der Heilkräuter, die wir während des Krieges sammeln mussten und die als Anschauungsmaterial dienten.

Die Karten und Schautafeln waren auf festem Leinentuch aufgezogen, das an 2 Holzstangen befestigt war. So konnten sie aufgerollt aufbewahrt werden. Alles befand sich in einem gut verschlossenen Lehrmittelraum. Es war eine große Auszeichnung für uns Schüler, sie von dort für den Unterricht holen zu dürfen. In diesem Raum roch es immer muffig und es war staubig. Ich war immer sehr neugierig, wenn ich Lehrmaterial abholte oder zurück brachte. Heimlich habe ich

versucht, einen Blick auf die Sammlung der Gegenstände zu werfen, die wir im Unterricht noch nicht gesehen hatten. Aber viel Neues, das vor allem im Biologieunterricht interessant gewesen wäre, entdeckte ich nicht. Bilder von Menschen - besonders der beiden Geschlechter - gab es damals in der Schule noch nicht. Das Wissen darüber habe ich mir, wie viele meiner Freunde, heimlich aus den sogenannten „Doktorbüchern" geholt. Darin gab es neben Hinweisen für Erkrankungen und der Heilung mit Hausmitteln aufschlussreiche Bilder über Männer und Frauen und deren unterschiedliche Geschlechtsorgane. Die Themen Zeugung, Schwangerschaft, Geburt usw. waren damals in der Schule aber auch in der Familie gegenüber den Kindern ein Tabu. Wir mussten im wahrsten Sinne der Scheinwelt noch an den „Klapperstorch" glauben. Selbst wenn wir uns selbst aufgeklärt hatten, verhielten wir uns so, als wüssten wir nichts. Als Oberschüler stellten wir fest, dass dieses Ausklammern bestimmter Themen, typisch für unsere Kindheit und unsere Vorfahren war. Wir erzählten darüber gern den Witz: Klein Fritz sagt zu seinen Eltern: „Den Weihnachtsmann gibt es nicht, seine Kleidung habe ich auf dem Boden gefunden. Ihr behauptet immer die Kinder werden geboren und sagt nicht genau, was das ist. Aber diesen Bohrer finde ich bestimmt auch noch".
Ein Vergleich zur heutigen Aufklärung der Kinder und Jugendlichen und den insgesamt zur Verfügung stehenden Lehrmitteln würde unsere damaligen Leh-

rer erblassen lassen und in Verlegenheit bringen. Besichtigungen im Hygienemuseum Dresden mit Anschauungsobjekt „Gläserner Mensch" (Mann und Frau) gehören heute ebenso dazu, wie diesbezügliches Anschauungsmaterial auf Schautafeln und in Lehrbüchern.

Poly-Lux-Geräte, Fernseher, Videorecorder und neuerdings Computer und Beamer sind jetzt Grundausstattung und haben die zwischenzeitlich als modern geltenden Bildwerfer für Diapositive oder Vorführgeräte für Lehrfilme weitgehend abgelöst.

Volksschule vor einem Dreivierteljahrhundert

Meine Erlebnisse in der Volksschulzeit in einem Gedicht zusammengefasst:

Vor 75 Jahren, in meiner Volksschulzeit
gab es manche Freud' und auch viel Leid.
Wer fleißig lernte und stets artig war
wurde versetzt von Jahr zu Jahr.

Bei den beliebten Klassenwanderungen
haben wir gern Volkslieder gesungen;
die Jungen haben die Mädchen geneckt,
Brause und Fettbrot haben gut geschmeckt.

Die Noten in Ordnung, Fleiß und Betragen
in der Wertung stets ganz vorne lagen.
Sie waren wichtiger als die Leistungsnoten
weil sie die Beurteilung für das Verhalten boten.

„Giftzettel" haben wir das Zeugnis genannt,
ohne Widerspruch das Lehrerurteil anerkannt.
Selbst die Eltern waren hier selten bereit
uns Kinder zu verteidigen bei einem Streit.

Damals hat niemand daran gedacht
zu brechen der Lehrer autoritäre Macht,
die sie auch mit dem Rohrstock ausübten,
so dass sich oft Kinderaugen mit Tränen trübten.

Als gut erzogen galt im Geiste der Zeit
wer zum totalen Führergehorsam bereit.
Bei Kindern in der Schule ist das gelungen
oft auch mit körperlichen Züchtigungen.

Unsere Lehrer haben sich ausbedungen,
das galt für Mädchen und für Jungen,
dass wir täglich mit sauberen Händen
uns zum Schulunterricht einfänden.

Bei einer zuweilen schmutzigen Hand,
die der Lehrer bei der Kontrolle fand,
gab es darauf ohne viel Gezock´
schmerzhafte Schläge mit dem Stock.

Als wir 10jährigen ins DJ aufgenommen
haben wir auch eine Uniform bekommen.
Wenn wir diese „Ehrenkluft" getragen
durften die Lehrer uns nicht schlagen.

Weil fürs Uniformtragen Regeln gelten
waren die Zeiten leider nur höchst selten,
an denen uns wenig Freiheit geschenkt,
weil die Macht der Lehrer mal eingeengt.

Ich habe heute meinen Lehrern verziehen
ob der strengen Erziehung zur Disziplin,
für mein Leben war das nicht verkehrt,
sie hat mir auch manchen Vorteil beschert.

Ab 1945 war die Prügelstrafe in der Schule verboten

Wegen des Kriegsgeschehens musste ich den Besuch der Oberrealschule im 15 km entfernten Schulort abbrechen und besuchte von 1944 bis 1946 die 7.und 8. Klasse der Volksschule in unserer Kleinstadt. Im April 1945 zogen dort die "Amis" und im Juni des gleichen Jahres die Sowjetarmee als Besatzungsmächte ein. Anfang Oktober 1945 begann nach fünfmonatiger Pause der Schulunterricht. Wir fühlten uns in der Schule jetzt durchaus freier, weil wir auch wussten, dass es ab sofort keine Prügelstrafe mehr gab. Unser bisheriger großer Respekt vor den Lehrern war geringer geworden. Der ehemalige Schuldirektor blieb im Amt, aber einige „Neulehrer" ersetzten die als Nationalsozialisten belasteten und deshalb entlassenen Pädagogen. Bei allen Lehrern spürten wir in dieser neuen Zeit instinktiv eine gewisse Unsicherheit. Die gesellschaftliche Stellung einzelner Familien veränderte sich, indem Geschäftsleute, Unternehmer, Großbauern und NSDAP - Funktionsträger ihren bisherigen gehobenen Rang einbüßten, den nunmehr besonders Kommunisten oder Antifaschisten einnahmen. In einer Kleinstadt, in der fast jeder jeden kennt, blieb dies nicht ohne Auswirkungen auf die Veränderung der Sympathie der Lehrer gegenüber einzelnen Schülerinnen und Schülern. Auf alle Fälle übten und merkten wir, dass wir den Pädagogen jetzt auch einmal widersprechen konnten, was wir uns in der Vergangenheit niemals getraut hatten.

Bis zu meinem Abitur 1950 verhielten wir Schüler uns in der Oberschule auch ohne körperliche Züchtigung diszipliniert. Freilich blieben Unartigkeiten nicht aus, aber die Motivation, unbedingt einen guten Schulabschluss zu schaffen, sorgte meistens für ein ordentliches Verhalten von uns Jugendlichen.

Erst in den letzten Jahren erfuhr ich, dass in der BRD 1973 und im Freistaat Bayern sogar erst 1980 in den Schulen Körperstrafen abgeschafft wurden. Bereits in der sowjetischen Besatzungszone und weiter in der DDR war körperliche Bestrafung verboten. Wenn es wahr war, ich vernahm es nur durch Flüsterpropaganda, dass Soldaten in den Kasernen der Sowjetarmee geschlagen wurden, ergaben sich für mich Widersprüche und unbeantwortete Fragen: „Warum wurden in einigen „sozialistischen Ländern" Körperstrafen einerseits bei Erwachsenen – vielleicht auch heimlich - geduldet, aber sie waren andererseits bei Kindern streng verboten"?

Oberschulzeit 1946 – 1950

Die Erschwernisse der Nachkriegszeit, die Schulreform und insgesamt der politische Umbruch machten meine Oberschulzeit in der SBZ von 1946 bis 1950 sehr interessant. Einige meiner Mitschüler waren 1944/45, vor ihrem Abitur, noch als Flakhelfer, Soldaten oder zum Arbeitsdienst eingezogen worden. Sie waren älter als wir, die Jungen des normalen Schuljahrgangs und sollten mit uns bis zum Abitur nochmals die Schulbank drücken. Ihr notwendiger Respekt vor den Lehrern, vor allem einigen Neulehrern, die zum Teil nicht viel älter waren als sie, ließ oft sehr zu wünschen übrig. Sie initiierten auch manche Streiche, bei denen wir Jüngeren gern mitmachten. Im Nachhinein glaube ich, sie wollten ihre, durch den Krieg verlorengegangene Jugend, schnell und intensiv nachholen. Einer dieser älteren Schüler, der mit dem Fahrrad zur Schule kam, erschien fast täglich eine Stunde zu spät zum Unterricht. Er benutzte nicht den normalen Eingang, sondern stieg durchs Fenster in das im Hochparterre gelegene Klassenzimmer. Wir sorgten dafür, dass die Fensterriegel immer geöffnet blieben. Schnell gewöhnten sich die Schüler, die ebenfalls das Fahrrad für den Schulweg benutzten, sich an, auch über Leiter und Fenster in den Unterrichtsraum zu kommen. Eines Tages, wir tauschten gerade noch vor dem Unterricht die Ergebnisse der Hausaufgaben aus, schlossen Hausmeister und Direktor die Klassenzimmertür auf und traten ein. In unserem Eifer hatten wir gar nicht gemerkt, dass der offizielle Schuleingang noch verschlossen war. Sie nannten uns Einbrecher und kündigten eine Untersuchung vor dem Lehrerkollegium an. Der Klassensprecher, der in dieser Sitzung anwesend sein durfte, berichtete uns anschließend vom Ergebnis. Einige verknöcherte Lehrer, denen wir oft das Leben schwer gemacht hatten, plädierten sogar dafür, uns von der Schule zu verweisen. Nur unser junger Mathe-Pauker und der ältere Physiklehrer wandten sich ganz entschieden gegen eine Bestrafung. Sie setzten sich durch, weil angeblich ein Schulausschluss nur einstimmig gefasst werden konnte. Damit gab es geklärte Fronten und die mit uns sympathisierenden Lehrer bekamen mit uns keine Disziplinschwierigkeiten mehr, während wir den übrigen teilweise das Leben noch schwerer machten. Trotz der Disziplinlosigkeiten waren wir aber alle bemüht einen guten Schulabschluss zu schaffen.

Auch solche Lehrer gab es in dieser Zeit

Am besten und verständnisvollsten war unser Physiklehrer, den wir „Papa" nannten. Er hätte durchaus in den Film „Die Feuerzangenbowle" gepasst. Angeblich konnte er sich als Mittsechziger keine Namen und Gesichter von Schülern mehr merken. Er meinte, es waren schon zu viele, die er in seinem langen Leben hat sehen müssen. Zu Beginn der Unterrichtsstunde zählte er die Anwesenden, verglich mit der Sollstärke und wir sagten ihm die Namen der Fehlenden. Ohne zu prüfen trug er diese ins Klassenbuch ein. Wenn wir etwas vorhatten, z.b. schnell „eine rauchen" oder eine Besorgung in der Stadt, zwangen wir Schüler niedrigerer Klassen, unsere Plätze im Physikunterricht einzunehmen. Bei Leistungskontrollen versuchte der sehr gutmütige Lehrer durch einfache Fragen von den meist ahnungslosen Ersatzleuten doch noch eine Antwort zu bekommen. Für ihn war nur der in seinem Buch vermerkte Name ausschlaggebend, nicht das Angesicht des vor ihm stehenden Schülers. Es fiel ihn dann auch sichtlich schwer, der Gerechtigkeit wegen, doch manchmal eine etwas schlechtere Note einzutragen. Er wunderte sich nur, dass bei einer der nächsten Kontrollen der ehemals unwissende Schüler mit diesem Namen plötzlich alles wusste. Er war froh, wenn er deshalb die schlechte Note streichen konnte. Ich glaube, er merkte durchaus die Tricks und sogar die Betrügereien, er wollte sich aber durch seine gespielte Ahnungslosigkeit Ärger ersparen. Vor der Abiturprüfung war „Papa" für uns eine unschätzbare Hilfe. Damals wurden von den Fachlehrern vier Themen der Abschlussarbeiten als Vorschlag an das Thüringer Schulministerium eingereicht. Zwei davon wurden ausgewählt. Sie kamen in einem versiegelten Umschlag, der vor der Prüfung unter Anwesenheit des Direktors feierlich geöffnet wurde, zurück. Nach Verkündung dieser bestätigten Aufgaben begann der strenge Prüfungsablauf. Nach einer Unterrichtsstunde in Physik zur Vorbereitung auf das Abitur ließ „Papa" viele Bögen Papier auf dem Lehrerpult liegen und verließ den Raum. Wir stürmten sofort an das Katheder und stellten fest, das waren die 4 eingereichten Prüfungsaufgaben in Physik, die natürlich sofort abgeschrieben wurden. Als er nach geraumer Zeit zurück kam und seine vergessenen Papiere holte, sagte er so nebenbei: „Wer sich nicht richtig auf das Abitur vorbereiten kann ist selber schuld". Tatsächlich waren dann zwei der von uns abgeschriebenen Prüfungsaufgaben die bestätigten Themen. Der Lehrer hat auf alle Fälle erreicht, dass wir uns sehr tiefgründig auf vier wichtige Physikthemen vorbereiteten und dabei unser Wissen vertieften.

Ab 1949 wurde der Unterricht politischer

Sehr streng war unser Schuldirektor, der zwei Doktortitel hatte. Wir mussten ihn immer mit vollständiger Nennung seiner Titel ansprechen. Also: „Herr Direktor Dr. Dr. Zobel." Er war Humanist und sogar Mitglied des Präsidiums der „Deutschen Goethegesellschaft". Er unterrichtete „Deutsch". In seinem Unterricht haben wir uns keine oder nur wenige Streiche erlaubt. Zehn Wochen vor unserem Abitur hat er uns in Stich gelassen. Er verließ illegal die DDR und übersiedelte in die BRD wahrscheinlich aus politischen Gründen. Wir hatten aber bei ihm in humanistischer Bildung sehr viel gelernt und schafften im Fach Deutsch auch alle das Abitur. Ich erinnere mich an eine Klassenarbeit bei ihm, bei der ich während meiner Schulzeit die einzige Note „4" erwischte. Ich war stolz, dass ich im Aufsatz über Goethes Egmont so viele Zitate auswendig kannte, die ich mit nur wenigen Kommentaren niederschrieb. Bei der Rückgabe stand unter meiner Arbeit: „Was bleibt übrig, wenn man die vielen Zitate weglässt?" „Note 4"

Kurz vor dem Abitur meldete ich mich zusammen mit noch 7 Schulkameraden bei der Kreisleitung der FDJ zur Ablegung der Prüfung für das „Abzeichen für gutes Wissen", in der Stufe Gold an. Wir versprachen uns damit bessere Chancen bei der Bewerbung um einen Studienplatz. Unser Abiturientenwissen war aber in den Augen der Prüfungskommission zu einseitig und man ließ uns alle durchfallen. Die Gründe waren: Erstens wussten wir besser über die deutschen Humanisten und Klassiker bescheid als über die Sowjetliteratur. Zweitens hatten wir uns zu wenig mit den politischen Tagesgeschehen beschäftigt. Drittens wurden unsere Prüfungsergebnisse strenger beurteilt als diese von den Jugendlichen, die in der Produktion arbeiteten. Uns wurde gesagt, ihr könnt ständig nur lernen, während die Jugendfreunde aus den Betrieben arbeiten müssen. Damals spürte ich zum ersten Mal eine Ungleichbehandlung, die ich in der DDR noch sehr oft erfahren musste. Das Abitur bestanden wir aber dann mit den Noten sehr gut oder gut.

Die Erziehung unserer Kinder

Prügelstrafe

Prügelstrafe gibt es heute in der Schule nicht mehr, aber noch in manchen Elternhäusern; das ist ein aktuelles Thema. Wir sind 63 Jahre glücklich verheiratet haben 4 Kinder, heute im Alter von 55 – 62 Jahren, 4 Enkel – 30 bis 37 Jahre alt - und 3 Urenkel von 1 – 6 Jahren. Alle erwachsenen Kinder und Enkel haben ein abgeschlossenes Fach- oder Hochschulstudium und sind rechtschaffene Menschen. In unserer 1953 neu gegründeten Familie wollten wir fortsetzten, was wir von unseren Elternhäusern her kannten, dass es vor allem unwürdig ist, Kinder zu schlagen. Allerdings will ich an Beispielen zeigen, dass man nie „nie" sagen soll. Meine Frau hat als Junglehrerin in den 1950er Jahren in einer Schule in Leipzig eine 5. Klasse unterrichtet. Ein Schüler provozierte sie sehr oft und stellte sich einmal sogar gewaltbereit vor sie hin. Sie konnte nicht mehr an sich halten und schlug ihn mit einem Buch über den Kopf. Er meldete diese Bestrafung und sie wurde vor eine Untersuchungskommission aus Schulleitung und Elternvertretern beordert. Ihre damalige Schwangerschaft wurde als mildernder Umstand gewertet, sie erhielt eine Rüge; die Tat hätte durchaus eine fristlose Entlassung nach sich ziehen können.

Bei einem Ereignis rutschte mir - umgangssprachlich ausgedrückt - die Hand aus. Anfang der 1940er Jahre starb in meinem Heimatort ein Mitschüler, er hatte unreife Stachelbeeren gegessen und kurz darauf Wasser getrunken. Ich hatte unseren Kindern dieses Vorkommnis erzählt und ein diesbezügliches strenges Verbot ausgesprochen Eines Tages stellten wir fest, dass unsere vier Kinder im Garten noch nicht ausgereifte Beeren gegessen und anschließend Wasser getrunken hatten. Da brannten bei mir die Sicherungen durch und sie bekamen alle Backpfeifen. Im Nachhinein ärgerte ich mich, dass ich unbeherrscht war.

Warum konnten wir bei der Erziehung unserer Kinder auf körperliche Bestrafungen verzichteten? Ein Patentrezept gibt es aus unserer heutigen Sicht nicht; wir machten vieles richtig, aber wahrscheinlich ebenso viel falsch. Einige ausgewählte Beispiele sollen von den Lesern beurteilt werden, ob sie nachgeahmt werden könnten.

Viel Freiheit - aber Disziplin

Mit vier Kindern galten wir in der DDR als „kinderreich". Wir erhielten deshalb 1960 in Erfurt eine 5 - Zimmerwohnung mit 125 qm Wohnfläche. Häufig hörten wir in dieser Zeit die Bemerkung: „Was, ihr habt 4 Kinder?" Wir fühlten uns dabei sogar oftmals als asozial eingestuft.

In unserer geräumigen Wohnung in Erfurt war ein großer Raum (32 qm) als Kinderspielzimmer eingerichtet. In diesem, ihrem Reich, aber auch manchmal das andere 34 qm große Wohnzimmer sowie den Flur einbezogen, hatten sie viel Platz zum Spielen. Wir nutzten unsere Wohnung nicht als Vorzeigeobjekt - etwas bessere Einrichtungen schafften wir uns erst an, als die Kinder größer waren - sondern gaben ihnen Gelegenheit zur ausgiebigen kindesgemäßen Beschäftigung. Während der schönen Jahreszeit konnten sie im Hausgarten auch im Freien nach Herzenslust spielen. Wir hatten in unseren Elternhäusern ähnliches erlebt und verwirklichten unbewusst Thesen des bekannten Pädagogen Fröbel.

Sehr gern spielten sie Familie, sie nannten dies „Vater, Mutter, Kind". Thomas sagte stets sehr schnell mit fast sich überschlagenden Worten: „Jetzt spielen wir Vater, Mutter, Kind und ich bin die Mutter." Er wusste, dass sein älterer Bruder den Vaterposten beanspruchte und er wollte aber auch gegenüber den Mädchen eine bestimmende Funktion einnehmen. Als stille Beobachter staunten wir oftmals, wie die Kinder unser familiäres Leben nachahmen konnten und sahen gleichzeitig Notwendigkeiten für eigene Korrekturen. Untereinander trugen unsere Kinder auch Rangkämpfe aus. Meist ging es aber friedlich und harmonisch zu und die Mutti musste nur in wenigen Fällen einschreiten. Einmal wurde sie aufmerksam, dass mit dem ruhigen Spiel der Kinder etwas nicht stimmte, als Thomas bat, ihm 10.- Mark zu leihen, damit er bei Ulrichs Lotterie weiter mitspielen kann. Es war Ostern und unsere Vier hatten ihre Süßigkeiten und sonstigen kleinen Geschenke bekommen. Wir achteten immer sehr streng darauf, dass alle gleichmäßig bedacht worden waren. Außerdem war das festgelegte Taschengeld (hier wurde nach Alter differenziert) verteilt. Das veranlasste unseren geschäftstüchtigen ca. 12 Jahre alten Ulrich, sich an dem Eigentum seiner jüngeren Geschwister zu bereichern. Er fertigte Lose an, die sein Bruder und seine Schwestern von ihrem Taschengeld kaufen mussten. Es gab dann anfangs Gewinne von seinen Süßigkeiten, aber die meisten waren Nieten. Später nahm er dann auch Naturalien von den Kleinen, die wieder in Gewinne umfunktioniert wurden. Als Thomas um die Anleihe bat, waren die 3 Jüngeren fast Pleite und Ulrich wollte das Spiel abbrechen, wenn sie nicht mehr zahlen konnten. Bei diesem Vorkommnis hatten wir viel Mühe, das Ganze erzieherisch richtig zu werten und die notwendigen Schlussfolgerungen zu ziehen. Das scheint uns gelungen zu sein, denn unsere Kinder wurden keine Spieler.

Obwohl wir den Kindern viel Freizügigkeit gewährten, forderte ich immer hohe Disziplin und auch Mutti ließ manchmal gewaltfreie Strenge walten. Ein Beispiel blieb besonders in Erinnerung: Thomas und Regina neckten sich auf dem Heimweg vom Einkauf und der Junge schleuderte mehrmals das Netz mit einem Tortenboden gegen die Kleine. Der Kuchen hielt das nicht aus und zerbrach in viele kleine Stücke. Als Strafe mussten beide dieses Gebäck allein vollständig aufessen, während wir anderen richtiges Backwerk verspeisten. (Diese Geschichte hatte sie bei Fallada gelesen). Oma missbilligte diese Erziehungsmaßnahme.

Politik konnte nicht ganz rausgehalten werden

In unserer Familie gab und gibt es bis heute einen Grundsatz: Der Fernseher wird in der Regel erst abends nach 19,00 Uhr und bei Besuch gar nicht eingeschaltet. Ausnahmen waren bisher:
- Nachmittags ausgewählte Kindersendungen mit einem bestimmten Unterhaltungs- und Erziehungswert
- Besondere politische und ungewöhnliche Ereignisse und Katastrophen.

In diesem Rahmen will ich einiges zum Fernsehen in unserer Familie ergänzen:

Unwillkürlich drängt sich mir dabei der Vergleich zum Abhören der so genannten Feindsender Ende des Krieges 1944/45 auf. Wurde damals jeder, der ertappt wurde, hart bestraft, musste in der DDR keiner derlei Repressalien befürchten; so gab es zur Wendezeit nach meiner Meinung keine Familie, die nicht das staatlicherseits unerwünschte Westfernsehen empfing. Ein gesetzliches Verbot gab es aber zu keiner Zeit.

In unserer Familie haben wir Erwachsenen von 1958 an, als es uns durch Beziehungen gelang einen Fernsehapparat zu kaufen, fast keinen Tag auf die ARD-Nachrichten verzichtet. Auch andere Sendungen von ARD und ZDF verfolgten wir voller Interesse und Wohlwollen. Allerdings war dies ein Spagat, als die Kinder die Schule besuchten. Ihnen musste klar gemacht werden, dass das Thema „Westfernsehen" außerhalb heimischer Gefilde tabu ist. Wir passten uns an und wollten uns keiner unliebsamen Kritik aussetzen. In der Erziehung ein heikles Problem, weil es einer Aufforderung zum Lügen und wissentlichem Verschweigen gleichkam, was nur sehr schwer erklärt und begründet werden konnte. Die Folge war abzusehen: Unsere Kinder machten uns später Vorwürfe, dass sie im Kreise ihrer Schulkameraden bei interessanten „Filmbesprechungen" zum eisernen Schweigen verurteilt bzw. auf Grund ihrer angeblichen Ahnungslosigkeit sogar regelrechter Geringschätzung unter Ihresgleichen ausgesetzt waren. Mehr noch, sie werfen uns heute vor, dass wir sie nicht stärker an unseren „privaten" Gesprächen - untereinander und mit sehr vertrauten Verwandten und Bekannten - über erkennbare Fehler in der DDR-Politik beteiligt haben. Soviel Wahrhaftigkeit war also nicht einmal im Kreise der eigenen kleinen Familie gegeben. Wir brauchen uns nicht zu rechtfertigen aber erst heute erkennen wir, die in unseren Elternhäusern praktizierte und von uns übernommene Methode einer übertriebenen Trennung der Lebensbereiche und Gedankenwelt der Erwachsenen und Kinder, ist überholt. Allerdings finde ich es auch nicht richtig, dass in der Neuzeit oft Kinder in alle familiären Probleme, die sie teilweise noch nicht im vollen Umfange begreifen können, einbezogen werden.

Intaktes Familienleben

Ich versuchte während meines gesamten Berufslebens möglichst gemeinsam mit der Familie Abendbrot zu essen. Noch heute erinnern wir uns alle gern daran, wie wir am Tisch saßen und dabei auch nach dem Essen in Unterhaltung, Spiel und Spaß uns bemühten, erzieherisch zu wirken. Eine Auswahl dieser ernsten Beeinflussungen will ich hier einfügen.

- Die Kinder erhielten die Erlaubnis, 5 Minuten lang alle schlechten Worte und Reden, die sie kannten oder auf der Straße von Spielgefährten gehört hatten, ohne Hemmungen oder Ermahnungen offen auszusprechen. Ich schaute auf die Uhr, gab den Start und nach der vorgegebenen Zeit war Schluss. Mit Begeisterung überboten sich die Geschwister um zu zeigen, was sie alles wussten. Wir erfuhren ihren Wortschatz, konnten gezielt nachfragen, ob sie auch verstanden, was sie sagten und sie lernten und erkannten, was als gut und richtig gilt oder in der Öffentlichkeit unausgesprochen bleiben muss.

- Lehrreich waren Ratespiele, die von den Kindern gern mitgemacht wurden, weil sie hierbei untereinander und oft auch mit uns Erwachsenen stark wetteifern konnten. Nur die Jüngste wurde dabei oft recht unsanft behandelt und wir wissen heute, dass es von uns falsch war, sie nicht in Schutz genommen zu haben. Aber wir meinten damals, sie muss lernen sich durchzusetzen.
- Am Abendbrottisch mit der ganzen Familie wurde auch über Anschaffungen, Wohnungseinrichtung, Gartengestaltung und vieles andere mehr diskutiert.

Wir tauschten uns jedoch grundsätzlich über Probleme aus. Außerdem bestätigten unsere Kinder als Erwachsene, dass es ihnen während ihrer Kindheit nie gelang Vater und Mutter gegeneinander auszuspielen.

Kinder erziehen sich gegenseitig

Als Sigrid zur Schule ging, begann sie mit ihrer jüngeren Schwester Regina zu Hause, das im Unterricht erlebte und gelernte intensiv zu wiederholen. Wir unterstützten das Ganze, indem wir ihnen Weihnachten eine kleine Schultafel, Kreide und allerlei Schuleinrichtungen in Miniaturausfertigung sowie ein Klassenzimmer für Puppenstuben - Püppchen schenkten. Noch heute staunen wir darüber mit welcher Ausdauer die beiden Schule spielten und wie die Jüngere geduldig dabei lernte. Sigrid fertigte sogar kleine Hefte und Minibleistifte, die wir Erwachsenen gar nicht zwischen den Fingern halten konnten, für diese Puppen an. Dieses Beispiel und insgesamt das gemeinsame Spiel der Geschwister war ein „Kindergartenersatz", gleiches bleibt Einzelkindern verwehrt.

Unsere Vier waren Jungpioniere, Pioniere und FDJ – Mitglieder. Freilich steht fest, dass eine gewisse Zwangsmitgliedschaft bestand, denn der Weg zur Oberschule, zum Studium oder der gewünschten Lehrausbildung war an aktive Mitarbeit in diesen Organisationen gebunden. Den Kindern und Jugendlichen wurden in Arbeitsgemeinschaften, Zirkeln und Veranstaltungen, die aber keinesfalls nur politische Inhalte hatten, viele Möglichkeiten zur Wissenserweiterung, zur Beschäftigung mit Hobbys, Sport sowie achtbarem und anständigem Zusammensein geboten. Es war eine durchaus akzeptable Methode, durch zahlreiche organisierte Freizeitangebote die Heranwachsenden von Missetaten abzuhalten. Die heute immer und überall zu hörende Klage: "Es fehlt das Geld für die Kinder- und Jugendarbeit" war in der DDR fremd.

Freilich sagen auch unsere Kinder, dass sie bei den Pionieren und in der FDJ manches nicht gern mitmachten und als Zwang empfanden, sich aber mit Geschick fernhalten konnten.

Wir spornten unsere Kinder immer zu guten schulischen Leistungen an. Es wird von einigen Pädagogen abgelehnt, dass die Eltern für gute Zensuren Geldgeschenke machen. Wir hielten uns nicht daran und stellten fest, dass unsere Methode auf alle Fälle ein Anreiz war. Wir schlossen schriftliche Vereinbarungen, die uns noch handschriftlich im Original vorliegen, mit unseren Jungen und Mädchen über zu erreichende Ziele in den Schulfächern ab.

Nicht allein damit, aber auch unterstützt durch den Wettbewerb der Geschwister untereinander erreichten unsere Vier gute bis sehr gute Ergebnisse in den einzelnen Schuljahren und besonders dann, wenn es bei einem Abschluss oder einer Prüfung auf das Weiterkommen ankam.

Hier sei besonders betont: Während der Vorschul- und Schulzeit unserer Kinder war meine Frau nicht berufstätig und außerdem meine Mutter oft bei uns. Die Kinder hatten immer einen Ansprechpartner, bei dem sie sofort ihre Erlebnisse und Probleme loswerden konnten, wenn sie von der Schule oder vom Spielen nach Hause kamen. Wir erhielten deshalb allerdings auch keine Kindergartenplätze und unseren Kindern blieb die gezielte Vorbereitung auf die Schule in einer Gemeinschaft in dieser Einrichtung verwehrt. Ein halbes Jahr lang hatten wir Thomas und Sigrid vor der Schuleinführung in einem kirchlichen Kindergarten untergebracht. Wir stellten aber fest, dass sie gar nicht gern dorthin gingen, denn das gemeinsame Spielen mit den Geschwistern und Freundinnen und Freunden,

die ebenfalls nicht in den Kindergarten gingen, gefiel ihnen besser
.

Als die Kinder flügge wurden

Unsere Vier betonen jetzt, nachdem sie erwachsen sind, sehr oft, dass sie eine schöne und geborgene Kindheit hatten. Als sie allerdings im übertragenen Sinne flügge wurden, wollten auch sie sich aus den Zwängen des Elternhauses befreien. Unsere diesbezüglichen Erlebnisse sind nichts Besonderes und spielen sich wohl in ähnlicher Weise in vielen Familien ab. Für alle Eltern sind es aber einschneidende Ereignisse.

In der Natur werfen die Vögel ihre Jungen, wenn sie flügge sind, aus dem Nest. Bei uns Menschen ist dies in normalen Familien eher ein schmerzhafter Prozess für die Eltern, die ihre Kinder häufig nicht gern zu früh loslassen wollen. Unsere Vier zogen im Alter von 17 bis 20 Jahren von zu Hause aus.

Später verwirklichten sie in ihren Familien ebenfalls die gewaltfreie Erziehung ihrer Kinder. Damit bestätigten sie unser richtiges Handeln in der Kindererziehung. „Das Gute, das Dir in Deiner Kindheit widerfährt, ist für Deine eigne Zukunft goldeswert."

Epilog

Mische dich als „Alter" nicht in die Kindererziehung ein

Als Kind, da half mir alles nicht,
verschmähen durfte ich kein Gericht,
musste allezeit den Teller leer essen,
anständig zu sein war nie zu vergessen;
drum bin ich als Uropa jetzt tolerant,
weil ich das damals nicht richtig fand,
die Kinder dürfen bei mir selbst auswählen,
brauchen sich kein Essen hinein zu quälen.

Die jungen Eltern, das merke ich sehr,
zwingen ihre Kinder zu gar nichts mehr.
Auch das finde ich nicht immer heilsam,
weil ich antiautoritäre Erziehung verdamm!
Ich habe im 80jährigen Leben erfahren:
Es ist gut, sinnvolle Disziplin zu wahren.
Als Urgroßvater mische ich mich nicht ein,
die Jungen sollen selbst verantwortlich sein.

Ich würde sicher oft anders handeln,
sehe aber ein, dass sich die Zeiten wandeln.